KB076966

남한강 편지

사십편시선 015

임덕연 시집

남한강 편지

2014년 12월 3일 제1판 제1쇄 인쇄
2014년 12월 10일 제1판 제1쇄 발행

지은이 임덕연
펴낸이 강봉구

편집 김희주
지도 이태영
디자인 bonggune
인쇄제본 (주)아이엠피

펴낸곳 작은숲출판사
등록번호 제406-2013-000081호
주소 100-250 서울시 중구 퇴계로 32길 34(예장동) 2층
전화 070-4067-8560
팩스 0505-499-8560
홈페이지 http://cafe.daum.net/littlef2010
이메일 littlef2010@daum.net

ISBN 978-89-97581-66-5 03810
값은 뒤표지에 있습니다.

남한강 편지

임덕연 시집

작은숲

| 시인의 말 |

어쩌자고

자꾸 강물 하소연이 들리는지

어쩌자고

또 수굿말 아저씨들 씨발거리는 소리가 들리는지

어쩌자고

시를 써 아름드리 나무를 자꾸 베게 하는지

어쩌자고

강가에 집을 지어 주신 아버지가 자꾸 그리워지는지

어쩌자고

| 차례 |

제2부 마암 근처

제3부 이포, 강가에 서서

제1부

물이 되어

강둑 풀

맨 날
발목쯤 물을 잠그고 있는 풀들은 몰라

일 년에
한두 번쯤 홍수 때 맛보는
키를 훌쩍 잠그는 물에 대한
강둑 메마른 땅 풀들의 그리움을

몰래 받은 선물인양
넌출 걸린 비닐들을 깃발처럼 날리면서
웅덩이가 모래인덕이 되고
자갈더미가 웅덩이가 되는 사연을

풀잠자리 유충이 가슴에
흑빛 날개를 키우고 있는 사이
목 긴 풀들의 애타는 그리움을

맨 날

강물에 제 얼굴을 비추고 있는 산 그림자는 몰라

여울 저편

강여울 저편에서 저녁 어스름마다 노래를 부르는 당신 때문에 내가 자주 강가에 나와 서성인다는 걸 당신도 알고 있지요. 노래 소리를 따라 달빛 찬 날이면 여울로 조심스레 들어가고 싶은 걸 애써 참는 모습을 당신도 애타게 보고 있지요. 그럴 때마다 당신은 더 크게 노래를 부르고, 가끔 물안개사이 보일 듯 말 듯 모습을 드러내기도 하는 걸 내가 모르는 것도 아닌데 가끔은 아주 가끔은 비오리 몇 마리 날려 보내지요. 여울 저편에서

하구(河口)

그 긴 꼬리를 감추고 입 벌려 나에게 물 대주는 사랑을 어찌 모르겠어요. 받기만 하는 사랑 버거워 물오리 몇 마리 보내드립니다. 큰 물에 대한 기억도 잊지 않고 있어요. 하구 둑에 달맞이꽃 몇 포기 심어드립니다. 밤이 좀 덜 외롭겠지요. 이젠 난 당신을 거스를 수 없어요. 당신이 밤마다 실어다 놓은 모래들로 제 배가 이렇게 불룩해졌잖아요. 곧 좋은 소식이 있겠지요.

양화 나루터

나루를 찾아가는 내내
꽃을 가득 인 층층나무
층층마다 아픔이다.

논두렁 따라 달리다 곤두박질치는
바람의 비명을 듣는 순간
강은 거기에 누워 있었다.

나루의 흔적은
회차 중인 버스운전기사의
무료한 기다림으로 남고

배들면 너나없이 다투어
버스에 오를 아우성 대신
미루나무 엷은 그늘 속
날벌레만 무리지어 잉잉댄다.

강은 저만치 물러나
속절없이 흐른 세월을
새침한 소녀처럼 모른척한다.
나도 애써 모른척한다.

나루는 없고 나루터만 있는
양화 나루, 나른하다.

돌이 된 사람

강에 가려거든
남한강
여주 바위늪구비쯤 가 봐라

돌이 된 사람들이
참 사이좋게 누워있는 걸

저녁 어스름쯤 두세두세 일어나
노을 붉은팥 떡시루 앞에 놓고
한 판 잔치를 벌이는 것을

한평생 애인도 없이 홀로 된 사람
사랑을 잃고 울다 지친 사람
가슴속 애태우는 외사랑만 한 사람

이런 저런 사연들로 밤새 사랑타령만 하다가

새벽쯤 지쳐 돌로 눕는 사람들

여주 바위늪구비 어름 돌밭
간혹 돌을 밟으면
어흥 어흐응
쉽게 우는 소릴 들을 수 있다

남한강 수석집

1

아랫도리가 드러난 다리 밑으로 물이 흐른다. 나는 자꾸 끊기는 휘파람을 불었다. 누구에게 보내는 신호인지, 풀들은 일제히 넘어졌다 일어선다. 물에 제 얼굴을 비춰 보는 건 수군거리는 가을뿐이다. 강둑은 잠시 한 사랑으로 졸망한 꽃을 잔뜩 피웠고, 여울목은 노래를 불렀지만 자꾸 목이 메었다.

2

돌이 빛난다. 사내는 돌을 주워 목각받침에 끼워 팔았지만 만지기만 할뿐 사가는 사람은 없다. 돌이 늘어가자 나이보다 늙어 보이는 아내의 잔소리도 늘어갔다. 두통에 시달리며 사내는 돌에 들기름을 칠한다. 강 언저리를 혹시나 하며 서성이던 사람들이 돌아가면 들췄다 버린 돌들이 다시 빛을 낸다. 사내 눈도 빛난다.

3

안개 속에서 저희들끼리 은밀한 말을 주고받는 오리들이 놀라지 않게 다가가도 오리들은 놀란다. 사내의 감기는 더 이상 낳지 않는다. 더 멀리 날아가 봤자 더 나을 것 없는 세상에서 오리는 그냥 주저앉아 텃새가 되었다. 그러고 보면 사내도 텃새다. 사내의 목에서 꽥꽥 가래 끓는 소리가 난다. 오리도 귀찮은 듯 사내가 움직일 때마다 한 발치쯤 물러나 앉곤 한다. 오리가 알을 낳듯 사내는 돌을 낳는다.

언 강

가슴에 손을 얹고
조심스레
그녀에게 다가갔어요.

그녀는 낮게 비명을 질렀지만
나는 잠시 주춤 했을 뿐
걸음을 멈추진 않았어요.

그녀에게 다가갈
참으로 오랜만에 온 기회를
쉽게 포기하고 싶진 않았죠.

그녀는 마음이 너무 어려
쉽게 깨질 것 같았지만
그래도 난 꽤 깊이
그녀에게 다가갔어요.

이제 그녀의 진심쯤 왔다고 여겼을 때
그만
두 발 모두 그녀에게 빠져버렸어요.
그녀에게 홀랑 빠져 한참 허우적거렸지요.

난 그녀가 내 사랑을 견디어 낼 것을 빌었지만
그녀는 꽁꽁 언 가슴을 깨고
나를 받아드리는 것이 사랑이라 믿었던 것이죠.

강이 얼면
또 나는
조심스레 그녀에게 다가가렵니다.

여름 여강

큰 물든 여강에
붉은 물꽃 피었다.

큰 물진 강둑에
검은 비닐꽃 피었다.

남한강 여름 여주 강천에
신단양 사람들이 흘린 눈물
단양쑥부쟁이로 피고

청미천 삼합 세물머리
안성에서 흘린 피땀
패랭이꽃으로 피었다.

누가 봐주건 말건
조막조막 모여 피었다.

먼 지구 밖에서 보면
여름 며칠
여강 줄기따라
붉은 물꽃 피었다 지는 걸

단양쑥부쟁이 향기 한 모금
바람에 흩어 뿌리는 걸

그대도 보고 있는지 모르는지

물이 되어

홍원창쯤에서 홍얼홍얼거리며
바위늪구비, 아홉사리를 곁눈질 하며
물이 되어 흘러보면 안다.

쑥부쟁이 하늘거리며 유혹하는 자태를 물그림자 띄워 놓고 애무하다 들키기도 하고. 참마자, 누치가 속살 헤집으며 간질이는 지느러미 짓을 못 이기는 척 몸을 뒤척이기도 하는 걸 볼테면 보라고 내 보이는 누드모델처럼 물이 되어 흘러보면 안다.

내가 니를 바라보고 있다는 걸,
강물에 제 얼굴만 비춰보다
돌아서서 가는 네가 바로 비춰보던 곳이
내 얼굴, 코앞이었다는 걸,
내 가슴이 얼마나 두근대고
입술은 화끈거렸는지 몰랐으리란 걸,

내가 네 발목을 잡고 싶어
신발을 적시기도 하고 옷을 적시기도 해보지만
떠나고 싶을 때 떠나게 하는 거
떠나가고 싶을 때 떠나가게 하는 거
내가 굽이굽이 흐르면서 배운 몇 안 되는 삶의 방식이다.

머리 길게 풀고 혼자 울어도 보고
여울에 앉아 노래도 불러보고
밤새 두루마리 긴긴 편지도 써 보지만 끝내
나보다 더 매끈한 꽃들에게 마음을 준다면
나도 할 수 없이 물끄러미 바라볼 뿐
물이 되어 흐를 뿐

물이 되어 흐르다
정말 못 견디게 못 견디게 너를 안고 싶은 날
비가 되어

네 정수리에 바로 뛰어 내릴 것이다.

물이 되어
물이 되어

전북리 강가에서 만난 그대

그는 외로울 때면 강을 찾아 나섰다. 그녀는 그런 낭만이 한 때는 멋져 보였지만, 이제는 고치지 못하는 병으로 우울하다. 더 더욱 힘든 것은 강에서 돌아온 날은 그의 의복에서 낯선 냄새가 나는 일이다. 여인의 냄새란 걸 직감으로 안다. 사랑하고도 내색 못하고 가슴 켜켜이 그리움 나이테 쌓는 것처럼 가까이 있으면서 너무 먼 그를 바라보는 일은 눈물로도 할 수 없는 설움이다. 왜 그를 사랑했을까, 왜 흐르는 대로 놔두지 못했을까 때늦은 후회라도 실컷 해 봤으면 좋으련만. 벼가 자라는 논에 가만 물 가득 대어 놓듯, 더북 자란 논둑 풀 이른 아침에 반듯하게 깎아 놓듯, 다시 한 발 다가오는 그가 미치도록 밉다. 전북리 강가에서 만난 그대

아홉사리 길

이른 저녁 걷기 시작하여
쉴 참 거닐 참 가다보면
아슴아슴한 어둑 때쯤
컹컹 강아지 짖는 마을에 닿는 길
아홉사리 길

막걸리 한 잔 걸치고 걷다보면
저도 모르게 흥얼흥얼
아리랑 몇 소절이 절로 나오고
어깨춤도 들썩거려지는
읍내 오일장 아홉사리 길

앞서거니 뒷서거니
강물도 허리 안고 도는
짧지도 길지도 않은 길
쉽지도 어렵지도 않은

아홉사리 길

검은돌모루 마을에서 되레 마을을
이어주는 실핏줄 같은
옛 강가 길
괴나리 봇짐 덜렁이며
과거보러 가던 길

가끔 아주 가끔
고라니가 홀로 물 먹으러 오는
아홉사리 길

우만리 나루터쯤

여주 우만리 나루터쯤
흐르는 강물은
열일곱 소녀다.

다가가면 저만치 달아나는
새침한 열일곱이다.

저도 빤히 나를 좋아하면서
자꾸 골목 끝으로 사라지는
내 열일곱 살을 안달나게 했던 소녀다.

비 오는 날 아무 말 없이 불쑥
내 우산 속으로 들어와
내 심장을 멎게 한 소녀다.

여주 우만리 나루터쯤

흐르는 강물은

여드름투성이 내 열일곱 살이다.

부처울에서

그녀 정수리가 남한강 발원지라면
여주 계신리 부처울쯤은
그녀의 배꼽
아니면 조금 더 밑

난 그쯤에서 자주 놀았다.

가끔은 흰뺨검둥오리가 되어
또 가끔은 메기, 쏘가리가 되어

놀다가 지치면 언덕에 올라
젖은 몸을 말리기도 하고
우거진 들꽃 속에 푹 눕기도 하고
가끔은
그녀 얼굴이 궁금하여 영월쯤, 단양쯤
가봤으면 좋겠다는 맘도 품어 보았다.

가끔은 아주 가끔은
그녀 발꿈치가 궁금하여
파주 월롱쯤, 김포 통진쯤
살짝 가봤으면 좋겠다고 했다.

브라우 마을에서

노을 질 때쯤
참깨 터는 할아버지 곁에 쭈그려 앉아
왜 마을 이름이 브라우인지
묻고 싶어진다.

실지렁이 같은 나루터 길을 찾아
강가로 내려서면
벌렁 눕고 싶은 그늘을 가진 느티나무
왜 거기 서 있는지
묻고 싶어진다.

브라우 브라우 되뇌이다 보면
"보라우, 이 보라우 동무"
억센 북한 사투리가 되기도 하고

브라우 브라우 읊조리다 보면

"프라우 프라우 융프라우"
먼 이국 마을 이름 같기도 한데

슬레이트 지붕 처마 끝에 매달린
마늘 빛이 왜 그리 붉은지
널어 말린 고추들이 왜 그리 붉은지
낡은 유모차 의지해 마실가는 할머니에게
묻고 싶어진다.

오늘도 브라우 마을 안고 도는
강물이 붉다.

강물을 움켜쥐다

내가 조심스레 강가에서
흐르는 물 가까이 다가간 것은
물이 살아서 막 나에게 달려오려는 걸
봤기 때문이다.

내가 길을 찾아 어렵사리 다가가
물을 한 움큼 움켜쥔 것은
그대가 내미는 손을 맞잡으려 했던 것이다.

그대는 또 누군가를 향해 애타게 손 내밀며
잡아 달라 잡아 달라 하며 떠나가지만
물이 나에게만 애원하는 것 같아 자꾸 움켜댔다.
그러다 날 저물면 돌아오곤 했다.

제2부

마암 근처

제비여울

사춘기 시골 여학생 하고 길 같은
수다가 반짝이는
제비여울

가끔 물안개라도 피워 올릴 때면
검은등할미새 꽁지처럼 쫑긋쫑긋거리는
제비여울

오월 단오 날 물이 살살 따뜻해지는 어스름
여울가로 내려서서 가만히 귀 기울여 보면
'공무도하가'가 아련히 들리는
제비여울

신발을 여울 가에 가지런히 벗어놓고 들어가고 싶었다.
물들은 무슨 이야기가 저리 많은지 알고 싶었다.
나도 한때 도란도란 이야기했던

사랑하는 사람들 이름을
하나씩 불러 물위에 떠내려 보내고 싶었다.
이왕이면 가슴 자박자박한 사랑 다시 하고 싶었다.

소리쳐 불러도 들은 척 하지 않고
더 깊어져 가는
제비여울

마암 근처

나는 한 때 너를 정면으로 응시하지 못했다.
너의 가슴에 가득담은 하늘과 새와 바람을 나도
청정하게 담고 싶었으나
금방 어지럼증으로 눈을 감고 말았다.

세월의 이끼로
푸른빛도 탁해가는 강가에 와서
나를 강물에게 내보였던 저녁,
금방 물빛도 서러워져
강은 저만치 외돌아 흘렀다.

마암은 지금도 기억하고 있을까

뱃머리가 자꾸 맴돌이 하는 조각배에서
목은이 한 때 절친했던 친구가 보낸
약사발을 조용히 들이키는 것을

누더기 장옷을 덮어쓰고
장호원 쪽으로 급히 몸 피하는
명성왕후의 조급한 발자국 소리를

마암, 그 근처에 서면
나는 자꾸 바튼 기침에 오한이 난다.

청심루터

바라보고 있다.
바라만 보고 있다.

오학, 저녁 자욱한 매연을
마암, 울긋불긋한 네온불빛을
그래, 저기쯤 팔대장림이 있었던 곳이지

기울이고 있다.
귀 기울이고 있다.

자동차 소음 소리에 묻힌 제비여울 소리를
굴착기 소리에 놀라 떠나는 양섬 기러기 나래깃 소리를
아, 저 소리는 신륵사에서 들리는 저녁 공양 종소리인가
여주초등학교 저학년 아이들 외는 구구단 소리인가

보이지 않은 것이

어디 옛 풍경뿐이랴
망가진 것들이
어디 강둑뿐이랴

청심루터
여강 수심(水深)보다 더 깊은
수심(愁心)

다시, 청심루터에서

순간 여울소리도 숨을 죽였다.
들까불던 새끼들을 어미 새가 불러들였다.
먼 길을 급히 왔는지 말은
허연 숨을 쉴 새 없이 내 뿜었다.

목은은 사위를 가늠하다
개경이 있는 서북쪽을 향해 일어섰다.
배가 잠시 기우뚱 하더니 이내 중심을 잡는다.
술잔에서 술이 한 두 모금 넘쳐흘렀다.

오고야 할 것이 온 담담함이 굳게 다문 입술에 묻어난다.
오늘 노을은 목은에게는 마지막 붉음이란 걸
아는지 모르는지 더욱 붉게 물들기 시작한다.

불사이군(不事以君) 불사이군(不事以君)

어둠이 스멀스멀 밀려오고 있다.
저물 때를 기다린 바람이 방향을 바꾸자,
배가 다시 한 번 더 기우뚱한다.
목은은 앞으로 한 발 내딛어 겨우 몸을 가눈다.
이명이 울리고 잠시 어지럽다.

술잔을 입으로 가져가다 물끄러미
어주(御酒)를 가져온 자를 바라본다.
어서 일이 끝나고 바삐 또 가야할 사람처럼
힐끔힐끔 목은을 보면서 발로 흙을 차고 있다.
젊었을 때 자기를 사부(師父)라고 부르던 자로 낯이 익다.

인연에 따라 잠시 만나는 것이야
한 번 웃음에 부치면 될 뿐*

자네도 한 잔 하련가!

손사래를 친다.
술잔을 기울고 잔을 입에서 떼자
독술 가져온 자가 말고삐를 잡아챈다.

목은, 뱃전을 베고 잠자듯 눕다.
어디선가 곡소리 들리는 듯
일제히 새들이 날아오른다.

불사이군(不事以君) 불사이군(不事以君)

* 목은이 나옹 죽음을 애도하며 한 말

흔암리 선사유적지에서

멀리서 보면 강 언덕 위
전원주택이 멋들어져 보인다.
강을 오래 보아 온 강마을 사람들은
저리 집 지을 생각 못 한 게 아니라
안 지은 것은 무슨 미신(迷信)같은 것이다.

청동기 시기 집터에는
강가에서 한 알 한 알 거뒀을
쌀알이 거의 석탄이 되어 나왔다.
관에서 나와 말뚝을 박고
표지판도 세웠을 때는
좀 좋은 일이 있으려나 했지만
잡초가 자라고, 말뚝이 썩어도
촌살림은 별반 나아지는 일은 없었다.

허리를 잔뜩 숙이고 들어가던 선사시대 사내처럼

거의 앉은걸음으로 움집에 들어가 보니
별 좋은 날에는 그런대로 살만도 하겠다 싶다.

토기를 굽고, 돌도끼 만들고
저물녘 낚시하러 강가로 내려가기도 하고
아홉사리 산으로 사냥을 가기도 하고

산보다
강보다
더 많이 망가진 마음을 달래며
풋풋한 신사시대 사내가 되어
흔암리 선사유적지를 홀로 달려본다.

신륵사 입구는 강이다

홍수 때는 강물이 절 앞마당까지 들어오는
여주 신륵사 구룡루 구들 밑에
다른 절 입구에 다 있는 사천왕상이 있다고 하는데
나는 구룡루에서 하룻밤 자면서
사방 흉악한 악귀는 그만 두고라도
모기향이라도 피워주길 바랬지만
살생이 금지되어서인지
그 큰 칼과 손바닥으로는 모기는 못 잡는지
밤새도록 괴로웠다.

지금은 절 옆구리를 터서 절에 들어오지만
진짜 신륵사 입구는 강이다.
구룡루 걸터앉아 척 강 쪽을 바라보면 안다.
강 건너에서 황포돛배를 타고와
나루에 턱 대면
정확하게 구룡루 배꼽에 와 닿는다는 걸

노을 질 때쯤 신륵사에서는 나옹이
슬슬 절 마당으로 걸어 나와
중국산 대빗자루로 자기 머리보다 훤하게
마당을 쓸다가 쑥
부처에게 주먹감자를 먹인다.
그럴 때면 나도 가끔
부처가 어쩌나 보려고 쳐다보다가
부처가 맞받아 메기는 주먹감자 맛을 보곤 했다.

귓불이 저리 댓 발 늘어진걸 보면
대웅보전 부처는 귀가 아프도록
강물소리를 들었을 것이다.
저리 무좀 하나 없이 굳은살 하나 없이
발바닥이 깨끗한 걸 보면
때론 발 씻으러 강가로 내려갔다가
맨발로 모래밭을 한동안 뛰어 다녔을 것이다.

지금은 옆구리를 터서 절로 들어오지만
진짜 신륵사 입구는 강이다.

해질녘 금모래은모래에서
'어이, 어이! 배 좀 건너.' 하고 소리치면
나옹이 부리나케 배 저어 건너온다.

여주 신륵사 진짜 입구는 강이다.

강천 매운탕 집에서

강천 매운탕 집을 들어가기 전에
바깥마당 끝에 서서
바위늪구비를 바라보는 재미가
솔찬했는데,
요즘은 그냥 쑥 매운탕 집으로 들어간다.

안마당가에 살이 통통 오른 메기들이
긴 수염을 휘날리고 있는 수조가 보일 때 쯤
부르지도 않았는데 햇강아지가 다가와 눈치 없이
겅중겅중 뛴다.

매운탕 냄비에 몸통 잃은 메기 머리만 그득그득 하면
어스름은 도리 섬을 몇 번 돌고 돌아와
처마 끝에 서서 서성인다.
그때쯤이면 우리는 서로 얼굴을 처다보며
메기웃음으로 헤헤거린다.

어둑해진 강을 이제는 쳐다보지도 않고
마냥 헤헤거리기만 한다.

상백리 메기 매운탕 집

보기 허름해도 들어가면 낡은 집 처마를 잇대어 방을 만들고 마루를 놓아 꽤 넓었다. 우리는 진짜 싱싱한 것을 사용하고 있다고 자랑하듯 푸른 이끼 낀 수족관엔 메기 너댓 마리 헤엄치고 있었다.

아무리해도 농사짓기 서투른 사내가 담배를 피워 물고는 빈둥대다 건성으로 인사한다. 사내의 수염도 메기수염이다. 메기 피부같이 매끄러운 여인은 물 묻은 붉은 고무장갑을 벗을 새가 없다. 나는 홀깃 질퍽이는 주방 바닥에 퍼덕이는 메기를 보았다.

나는 간혹 남한강가 상백 매운탕 집 골방에 한 마리 메기로 누었다. 이름도 생소한 어느 지방 후미진 여관에 누워있는 듯하다. 요를 깔고 이불을 덮듯 무를 바닥에 깔고, 손가락 길이만큼 자른 미나리에 고추가루 듬뿍 덮고, 마늘 다진 거, 청량고추도 송송 썰어 덮으면. 하룻밤 지낼만 하겠지. 방바닥이 뜨뜻하면 그만이지. 너무 뜨거우면 속옷 좀 벗고, 더 뜨거워지면 창문도 열고, 내 인생 팍팍한 거 그렇지 뭐

애인이랑은 가지마라. 남한강가 상백 매운탕 집. 애인이랑 가서도 아깝다고 메기머리를 집어 들지 마라. 애인이 주는 소주를 연신 받아 먹지마라. 열에 아홉은 매운탕집 골방에서 메기헤엄을 치고 말거다. 깨고 나면 허망(虛妄)할 것이다. 절대, 거울은 보지마라.

흙 묻은 장화 신은 채 간혹 전화가 걸려오면 장화 신은 채 달려가라. 메기머리만 남은 식은 매운탕을 먹느니, 밀가루 냄새나는 뻣뻣한 수제비 몇 개 건져먹느니, 늦게 왔다고 소주 석 잔을 내리 받아 먹느니, 어물쩡하다가 매운탕 값 다 내느니, 흙 묻은 장화면 어때. 똥이 묻었더라도 괜찮다.

묻지 마라. 어느 강물에서 자맥질하다 왔는지, 몇 살이나 되었는지, 어릴 때 꿈은 뭐였는지, 말하고 싶어도 말하지 마라. 옛날이야기 하다가는 끝내 울고 만다. 자꾸 소매를 잡아끌어도 술먹은 다음 노래방에 가지마라. 가더라도 도우미는 부르지 마라. 도우미가 오더라도 같이 목청껏 노래를 부르지 마라.

그냥 남한강가 상백리 매운탕 집에서 화투나 치자.

강물 혹은 눈물

흐른다.
강천 매운탕집 앞으로
몽 카페 뒷마당으로
이포나루 리버하우스 모텔 옆구리로

흐른다.
사람들 삶을 속속들이 들여다보면서
때로는 간섭하면서
단순하게, 참 맹하게
혹은 격렬하게

나도 한때 강에 입을 대고 있던 도랑이었다.
도랑이 아름다운 것은 구불렁거림에 있다.
강물도 그 구불렁거림이 한없이 부러웠을 것이다.

이제 나는 강물을

그저 바라만 보는 나이가 됐다.
이제 나도 강물처럼 속절없이
흘러가는 것을 사랑하는 나이가 됐다.

그저 바라만 본다는 것은
속절없이 흘러간다는 것은
떠나간 사랑처럼 서러운 것이다.

강을 바라보다 달려가
물에 풍덩 안기고 싶다면 아직 젊다는 거다.
강가에 서서
물수제비만 자꾸 뜨는 심사를 헤아려야 한다.
가장 오래도록 강가에 머물던 날이
가장 잊기 어려운 사람을 잊으려 애쓴 날이란 걸
너도 알아줬음 했다.

알았어야 했다.

강물은 내가 흘린 눈물인 것을

물의 기억

물은
밑바닥의 기억을 갖고 있다.
바위가 조금씩 제살을 깎아 주먹돌이 되는 사연을
물고기들이 물살 거슬러 올라가는 사연을
게들이 습지로 기어가 강둑에 굴을 파는 까닭을

물은
누구에게도 말하지 않았다.
사랑한다고
아직도 기다리고 있다고
돌 밑마다 사연을 적어 넣지 않았다.

왜 자꾸 사내가 물가에 내려와 손을 물에 잠그고
물살을 비벼대는지 알고도 모른 체 하였다.
눈에 눈물이 그렁그렁한 것을 보고도 못 본 체 했다.
아무것도 모르는 것처럼

물은 슬픈 사내의 기억을 갖고 있다.

여강, 남강

저기 남쪽 끝으로 가면
진주 남강이 있다 하드만
여기 한반도 배꼽쯤 여주에는
여강이 있지요.

뭔 강에 남녀가 따로 있겠냐마는
원앙 한 쌍이 새콤달콤 사랑하는걸 보고는
둘이 잘 만나 알콩달콩 잘 살았으면 좋겠다는
생각을 여강 강둑에서 했지요.

더러운 피를 강물에 씻던 의병 이야기며
왜장을 안고 깊은 강물 속에 뛰어들던 의녀 이야기며

용마가 뒤엉켜 싸우는 걸 잠잠하게 했다는 신륵사 이야기며
장길산이 묘옥과 양섬 갈대밭에서 사랑을 나누었다는

이야기며

진주 남강과 여주 여강이

새벽 밝아 오도록 이불속 소곤거리며 정담을 나누었으면 좋겠어요.

깨끗하고 맑게 몇 천 년 잘 살았으면 좋겠어요.

바위늪구비쯤

청미천과 헤어진 물이
여강과 몸을 섞는다.

그쯤에서
가만히 귀 기울여 들어보면
여강의 들뜬 교성을 들을 수 있다.

그쯤 가면
첫날 신혼 방 창호지 문
침 묻혀 뚫고 보는 재미 같은 것이 있다.

그쯤
흙집 짓고 살면서
밤새 뒤척이며 잠 못 드는 시인이 있다.

바위늪구비쯤

양섬

봄이 오고
또 봄이 어김없이 오고
누구 가슴을 진초록으로 물들이려고
나무들은 손톱 같은 잎을 애써 내민다.

버드나무
새끼 손가락만한 가지를 잘라 껍질을 잘 돌려 빼고 불면
버들피리가 되는데
그 소리는 추억처럼 아득하다.

시간의 늪으로 맑은 봄물은 자꾸 흘러가고
영릉 낙가산은 긴 그림자를 내어
양섬에 닿아 있다.

이곳 양섬에서 봄맞이로
거문고를 탔을, 뱃놀이를 했을,

구성진 노래장단에 술잔을 들었을,

화전을 구웠을, 시를 읊었을,

가마를 메고 와서 잠시 물에 손을 담궜을

옛사람들을 생각하면

내 마음은 또 강물처럼 맑아진다.

오리알집

산 밑 일찍부터 응달이 들어 늘 음산한 둠벙 가
오리를 키워 오리알집이라 불리는 집 앞은
늘 조심스레 숨죽여 걸어도
오리는 겁먹은 얼굴로 캑캑 울었다.

아이들 크레파스로 삐뚤삐뚤 쓴
'오리 알 있음'이 걸려 있는 대문 앞
작은 햇빛조각이 걸리면 폐병에 걸렸다는
삐쩍 마른 사내가 쭈그려 앉아
바튼 기침을 해댔다.

어디선가 두리번거리던 오리라도 달려들까 봐,
어린애 간은 폐병에 좋아 어린아이를 잡아먹는다는
언니들의 겨울밤 이불속에서 해댄 이야기가 생각나
오리알집 앞에선 늘 달아나고 싶었다.

바싹 마른 명태의 퀭한 눈 아저씨보다
맘씨 좋게 푸짐한 아줌마가 제발 방문을 열고 나오길 바라며
기어들어가는 목소리로 '오리 알 좀 주세요.' 라는 소리는
검정 고무신 코끝에 떨어지고 말았다.

시렁 위 간난아이 배냇저고리 같은 걸로 덮은
바구니에서 퍼런빛이 도는 오리 알을
내 바구니에 담아주는 사내의 손에
드러난 정맥이 무섭도록 파랗다.

대문까지 살곰살곰 걷던 걸음은
둠벙 둑길을 지나
고샅을 지나 숨차 잠깐 쉬는 사이
오리알집을 뒤돌아본다.

여주장에서

뜯어 온 쑥이 팔리든 말든
잘라 온 미나리가 시들든 말든
강 개발 되는 것이 좋은 일이냐 나쁜 일이냐
막걸리 잔을 들었다 내려놨다 하더니
점심때도 안 되어 벌써 얼굴이 불콰해졌다.

땅끔이 올랐느니 더 올라야 한다느니
땅끔 오르면 뭐 하냐
값나가는 건 애저녁에 다 팔아먹었는데
도지도 안 받고 그냥 농사 지어먹으라고 할 땐
거저 농사짓는 줄 알았는데
땅끔이 이리 천정으로 오르니 배 아프다
옛날 생각하면 뭘 해 다 지나간 거,
가서 소주나 한잔 하자.

종이상자에서 세상모르고 잠든 하룻강아지가 팔리든

말든

물찌똥 여기저기 싸놓고
그걸 밟고 돌아다니던 오리새끼 꾸벅꾸벅 졸든 말든
비료 값은 또 오르고, 종자 값도 오르고
초저녁 어둠처럼 융자금 이자 낼 날은 또 돌아오는데
자식 놈은 또 돈 좀 만들어 달라고 하는구나.

에고, 이 푸성귀 팔아 뭔 돈이 된다고 또 들고 나왔나
우리도 폼 나게 어디 가서
맥주 좀 마실까, 양주를 마셔볼까
옛 정취 아직도 폴폴 풍겨나는 여주장에서
별로 살 맘도 없으면서 나는
쑥도 만져보고 강아지도 쓰다듬었다.

제3부

이포, 강가에 서서

강이 되어 흐른다는 것은

물이
허리를 잡고 맴돌이 한다.
너울너울 거리다가 급히 휘돌아 쭉 나간다.
손에 손 잡고 강강수월래를 한다.

더러는 제풀에 넘어지기도 하고
더러는 한 잔 막걸리 하러 가기도 하고

달빛 찬 날 여울쯤 강은
한껏 홍이 달아오른다.

동동 오리들 무동 태워 덩실덩실 걷기도 하고
짝사랑 하던 모래톱에 푹 안겨보기도 하고
시름 고통도, 부끄러움도 살짝 내려놓고
가난도, 부족함도 내려놓고

강이 되어 흐른다는 것은
작은 것들이 한데 어울려
낮은 곳으로 쭉 밀고 가는 것이다.
메마른 것들을 자꾸 가슴으로 안아주는 일이다.

마침내
저 더러움을 용서하는 것이다.

강가를 걷다

나무들이, 풀들이, 수많은 돌들이
터벅터벅
강가를 걷고 있다.

바람들이, 구름들이, 강물에 제 얼굴을 비춰대는 하늘이
쉬엄쉬엄
강가를 걷고 있다.

잠자리가, 땅강아지가 하루살이들이
떼 지어 떼 지어
강가를 걷고 있다.

버들치들이, 각시붕어들이 모래무지, 동사리들이
우르르 우르르
강가를 거슬러 오르고 있다.

강도래들이, 반딧불이 유충들이, 플라나리아들이
꼼지락 꼼지락
강을 낮은 포복하며 기어가고 있다.

아, 저 힘없는 것들이, 목청 없는 것들이
하루아침에 삶터 잃은 것들이
소리치며, 아우성치며
되지도 않는 음정으로 슬픈 노래를 부르며
강을 걷고 있다.

여강 길을 걷고 있다

브라우 나루터 느티나무

오래도록 거기 서 있다.
더러는 이백년쯤 되었다 하고
더러는 백오십년쯤 되었다고 하지만
속으로 나이테를 접어가는 느티나무는
말없이 그늘을 드리우고 있다.

이제는 나루 건너는 사람도 없는데
이제는 더 이상 마중 나오는 아이들도 없는데
한사코 거기 서 있다.

바람이 머리를 자꾸 헤집어 놓아도
강물을 거울삼아 반듯하게 빗고
숨찬 세월을 이고 있다.

어스름 해 지는 저녁
브라우 나루터 느티나무 그늘에서

두 팔 벌려 가슴 꼭 안아주고
나루를 건너간 그를 기다린다는
나무의 말을 듣는다.

그러고 보니 나도
말없이 꼭 안아주고 떠나 온 사랑이 있다.

브라우 나루터 느티나무 곁에서
그리움의 나이테를 차곡차곡 쌓은
나도 느티나무가 된다.

뒷마당이 강

내 어릴 적 뒷마당에는
가지마다 앵두가 휠 정도로 달려있기도 하고
수박이 찬 우물 속에 담겨 있기도 하고
허물어진 굴뚝 뒤 언저리에는
종이딱지가 보물처럼 숨겨져 있기도 하고

아버지는 가난했지만
나의 뒷마당은 풍요로웠다.

요즘 내 꿈은 아들에게
아들의 아들에게
뒷마당쯤 있는
강물을 물려주고 싶다.

여주 이포쯤 그 언저리쯤
강둑에 올라

노을을 바라보다 들어와

잠들 수 있는 강물이

뒷마당으로 흐르는 집을

새벽강물

저 여린 것들이
어디서 저리 힘이 나서
흐르고 또 흐를까

게으름 피울 줄도 모르고
뒷서거니 앞서거니
결국 올 것이 오고 갈 것이 다 가야
끝나는 긴 여행

내 질긴 목숨 이어가는데
누가 누굴 살린다고 야단법석이냐,
한 마디 호통도 칠 법한데
푸른 멍 거친 상처로 외마디 비명 지를만도 한데

어디서 또 저리 힘이 나서
외롭고 쓸쓸한 생명들을 보듬어 안고

아프고 가난한 사람들을 위로하며 흐를까

새벽강물은
강바닥 파는 노동자들
흙 묻은 장화 발목을 슬며시 적셔주고 있다.

저문 강마을

저문 강마을은
마음도 가난하여
자꾸 움켜도 술술 빠져나가는 물처럼
당신은 기억 속에 가물 잊혀져갑니다.

흐르는 물을 바라보면
가끔 당신 생각이 나기도 하지만
금방 흐려지는 것은
가냘픈 당신 때문이기도 합니다.

강은 깨진 실그릇 같은
애처로운 하늘을 담고 있습니다.

강가 집에서
뱀 허물 같은 연기 하나 피워 올리면
다시 돌아가 누울

눅눅한 방이 두렵습니다.

강물은 정직하다

막아 선 바위 앞에서도
자기보다 더 바삐 가는 세월 앞에서도
강물은 정직하다.

굽은 길은 굽이굽이 굽어 흐르고
바른 길은 훠이훠이 바삐 흐르고

가는 길 돌려막는 둑 앞에서도
가슴에 삽질하는 사람들 앞에서도
강물은 정직하다.

얕은 곳은 재잘재잘 얕게 흐르고
깊은 곳은 속마음 모르는 사내처럼 깊게 흐르고

논밭에 스며들어 양식이 되고
사람에 스며들어 생명이 되고

있는 듯 없는 듯
귀중한 듯 흔한 듯
강물은 정직하다.

깊은 곳은 잉어, 누치 품어 살면서
얕은 곳은 꾸구리, 모래무지 안아 살면서

강물은
그렇게 또 흐를 것이다.

생명을 살려내며
막아선 것들에 저항하며
정직하게, 또 끝끝내

늦은 가을

오랫동안 그 기능을 사용하지 않으면
그 흔적만 겨우 남고 혹은 그 흔적조차 사라진다던데
가령 뱀의 귀처럼 말이죠.
당신의 귀는 어디인가요?
또 내가 입맞춤해야 할 입은?

오랫동안 그 기능을 달리 사용하면
원래의 모습을 찾아보기 힘들 정도로 달라지고
또는 상상조차 할 수 없을 정도로 다른 모습을 한다던데
가령 박쥐의 팔처럼 말이죠.
당신의 팔은 어디인가요?
또 내가 안길 가슴은?

강이 흘러가는 것을 보고

하늘을 보고 매일 뒷걸음쳐 달려가지 않았을테니

긴 머리 찰랑거리며 달려가는 모습이
내가 매일 본 그대 모습이
강의 뒷모습뿐이었다는 걸
알았을 때는
이미 늦은 가을이었다.

이포, 강가에 서서

강물은
그저 긴 꼬리를 달고 아래로만
미련 없이 흐르는 줄 알았는데
새벽녘 강가에 나와 보니
강물은
크고 작은 톱니바퀴 수천 개를 맞대어 돌리면서
지구를 돌리고 있었다.

여주 장날 농협 창고 귀퉁이에서
뻥 튀는 아저씨가 뻥 기계를 돌리듯 솜씨 좋게
더운 김을 푹푹 내뿜으며
지구를 돌리고 있었다.
뻥튀길 것도 아닌데
남모를 기대감으로 뻥튀기를 구경하듯
강물이
지구를 스르륵 스르륵 돌리는 것을

강가에 서서 한참동안 바라보았다.

강물은
푸른 멍을 드러낸 채 아픈 내색도 없이
마지막까지 온 힘을 다하는 것을 보았다.

나도 모르게 슬며시 눈물이 나왔다.

여강

초보운전처럼 조심조심 흐르다 휙 좌회전 하는
홍원창 옆 여강
뭐 먹는 두껍처럼 길게 혀 뺀 섬강물 넙죽
받아먹는 여강
도리섬 돌아 몰래 청미천과
연애하는 여강
아홉사리 고만고만한 산을 거울처럼 비춰주던
바위늪구비 여강
탑돌이 하는 신륵사 앞 여강
하교하는 초등학생처럼 재잘거리는
제비여울 여강
매일 새벽 네시 반 쯤 절 두어 번 하고 흐르는
대왕릉 앞 여강
그냥 갈수 없잖아 후루룩 막국수 먹는
천서리 앞 여강
거슬러 오를 수 없어 다시 한 번 뒤돌아보는

전북리 여강

남한강 편지

기억해요.
물안개 피어오르는 남한강가, 모세의 기적 같은 강물 갈라져
그곳으로 함께 걸어 들어가고픈 상상을 이야기했지요.
강물 속이 고향 같다고 해서 내가 '혹시 인어'라고 했지요.
당신이 큰 소리로 웃었는지, 미소만 살짝 지었는지
지금도 기억하지요.

들리지요.
강가 숲속 들어서자마자 입술에 손을 대고 자세를 낮추자
당신은 말없이 따라 앉으면서 입술을 봉긋 내밀었죠.
한참 만에 눈을 뜬 당신이 무안한 눈을 흘기다
손끝 가리키는 곳을 보고 화들짝 놀랐죠.
노란빛 꾀꼬리가 몇 마리 날아다녔잖아요.
당신이 노래를 불렀는지 꾀꼬리 노래였는지

지금도 들리지요.

편지를 써서 강물위에 띄우면 당신이 받아 볼 수 있나요.
소지(燒紙)하여 올리면 내 마음이 전해질까요.
강둑에는 쑥부쟁이 시들고
가시박은 나루를 덮고
나는 아직도 강가를 서성이고 있어요.

어느 맑은 날 아침
은빛 반짝이는 강물 위를 나르는
물새가 되어
당신을 만날 수 있기를
산 그림자 되어 만날 수 있기를

맷돌

제자리만 맴돌면서
한평생 살아온 맷돌 같은 내 인생
바보같이 살면서도 행복해 하는 건
내 몸 중심에 화살촉 같은 당신이
뾰쪽하게 돌아 있다는 걸
다른 사람들은 모르지요.
난 나에게 오는 거친 삶을
잘디잘게 부수어 보내고
속없는 듯 살지만
내장 하나 없이 깨끗하다는 걸
사람들은 모르지요.

강물

바라보는 일이
바라보지 않는 일보다
자연스런 것이라
너를 바라본다.

나만 그런 줄 알았는데
모두들 너를 바라본다.

네 앞에 서면
풍덩 너에게 빠져들고 싶어 한다.

뭐 특별한 것이 있는 것도 아닌데
뭐 신기한 것이 있는 것도 아닌데

너를 그리워하는 일은
너를 잊어버리고자 하는 일보다

더 아프기 때문에
가슴에 진주같은 멍울이 생긴다.

나만 그리움에 정신 못 차리는 줄 알았는데
모두들 가슴에 애틋한 사랑 하나씩 품고 산다.

강물도
사랑하는 사람을 찾아
저리 철철철 내리흐르는 것이다.

소란스런 강

강이 소란스럽다.
사랑하느냐
사랑하느냐

맨살 햇빛이
물살에 뒤엉켜

한낮 부끄러운 줄도 모르고
짝짓기 하는 물잠자리
날갯짓이 소란스럽다.

내가 너를 사랑하는 방법은
미끼 속에 날카로운
바늘을 감추고 기다리는 것

나의 서툰 수렵은

핑핑 소리를 내며
수면에 내려 앉는 꽃.
가끔 공수부대 펴지지 않는 낙하산처럼
안쓰럽다.

어느새 투망엔
허망한 하루만 가득 담겨 있다.

강은
강도래 같은 걸,
명주잠자리 유충 같은 걸
하찮은 하루살이 같은 걸
제 몸도 못 가누는 물이끼 같은 걸
사랑하느냐
사랑하느냐

강은

내 허망한 수렵을

사랑하느냐

사랑하느냐

소란스럽다.

입춘

나를 괴롭히는 건
또 볕드는 곳부터 별꽃이 번지듯 피고
무당벌레가 후미진 곳을 골라 기어 다니고
버드나무 잎이 손톱처럼 돋아 올라
푸른 기운을 몰아올 거라는 것이다.

또 잠 깬 짐승이 되어
겨우내 참은 가려운 등을
벅벅 긁어줄 날카로운 것을 찾아 두리번거리고
흙 밟는 신발 밑창이 조금씩 부드러워진다는 것이다.

나를 더 더욱 괴롭히는 건
또 그대가 보고 싶다는 것이다.

강가에 서성이지 말자

다시는 강가를 서성이지 말자.
그리운 이름을 부르며 물수제비를 뜨지 말자.
강처럼 묵묵히 흐르는 것도 멋이라고 말하지 말자.
강가 가난한 살림도 아름답다고 읊조리지 말자.
떠난 사람을 더 이상 애틋한 마음으로 기다리지 말자.

다시는 생명의 젖줄이라고 말하지 말자.
이리저리 파헤치고, 깎아 낸 강은
성형 수술 한 가슴처럼 예쁠 진 모르지만
자본과 환락과 유흥의 가슴일지언정
호수라 할지언정, 물웅덩이라 할지언정
더 이상 어머니 생명 젖줄이라 부르지 말자,

다시는 강가에서 추억의 낚싯대를 드리우지 말자.
세월만 가득 차 올라오는 허망한 투망질을 하지 말자.
유년의 모래성을 쌓지 말자.

더 이상 강은 우리 가슴으로 흐르지 않는다.

흐르는 것이 어디 강물뿐이랴.
흘러가는 것이 어찌 추억뿐이랴.
잊혀져 가는 것이 어디 옛길뿐이랴.

저, 홀로 어둑해지는 강물에 다시는 시를 쓰지 말자.
나루에 홀로 선 느티나무를 안아주지 말자.
팻말로만 나루인 곳에서 황토돛배를 기다리지 말자.
아, 더 이상 강물에 그리운 사람 이름을 쓰지 말자.

| 해설 |

여강에서 편지를 띄운 당신에게

박일환(시인)

1. 탈주와 모색의 시간

인연이란 묘한 놈이어서 한꺼번에 뚝 끊어지기도 하고, 끊어질 듯 끊어질 듯 다시 이어지기도 한다. 임덕연 시인과는 그동안 두 번의 인연이 있었는데, 모두 시로 이어진 만남이었다. 1997년 겨울에, 주로 초등학교 교사들로 이루어진 〈교사문학〉 동인이 동인지 제3집을 냈다며 자축을 하는 자리에 간 적이 있다. 이제는 고인이 된 정세기 시인이 이끌어서 간 자리였는데, 나와 함께 합평회 모임을 하던 김영언, 허완 시인이 그들과 같은 동인이어서 자리가 아주 어색하지는 않았다. 임덕연 시인이 바로 그들 동인의 한 사람이었다.

그들이 낸 동인지 제목은 『반성문은 필요없다』였고, 출사표나 마찬가지인 여는 글의 제목은 '더욱 답답한 시를 쓰고 싶다'였다. 반성문 대신 답답한 시대의 절망을 끌어안고, 어떻게든 그 안에서 부대끼며 출구를 모색해 보겠다는 결기가 느껴지던 동인지였다고 하겠다.

그 후로 오랜 시간이 지난 터라 지금은 그 자리에서 무슨 이야기를 나누었는지 거의 기억에 없다. 그로부터 꼭 10년이 지난 2007년에 다시 임덕연 시인의 시를 만나기까지는 그가 여전히 시를 쓰고 있는지도 모르고 지냈다. 그 무렵 나는 출판사 〈삶이 보이는 창〉(현재 삶창)의 대표를 맡고 있었는데, 어느 날 출판사로 반가운 원고 뭉치가 배달되어 왔다. 〈교사문학〉 동인으로 만난 임덕연, 김천영 두 시인이 2인 시집을 내고 싶다는 의향과 함께. 그렇게 해서 『산책』이라는 제목의 우정 어린 합동시집이 세상에 나오게 되었다.

동인지 『반성문은 필요없다』에 실린 임덕연 시인의 작품에서 눈에 띄는 것은 고속도로 연작이었다. 고속도로는 속성상 질주를 본능으로 하며 반성이 끼어들 틈이 없다. 근대 초기의 신작로와는 또 다른 면에서 고속도로는 이미 근대화된 의식과 삶을 더욱 완강하게 포박하는 역할을 한다. 한 번 들어서면 돌아 나올 수 없는 길, 그래서 '퇴로는 없'다며 '그래도 나는/어둠에 묻힌 길을 질주한다'는 시인의 고백은 정직하다. 하지만 그런 고백만으로 이미 고착된 체제를 탈주할 수는 없는 일! 한 발

짝 더 내디뎠으면 싶은 시인의 인식은 그 이상 나아가지 못한 채 멈추고 말았다.

그래서일까? 2인 시집에서는 '마흔'이라는 나이를 소재로 10편의 연작시를 내보인다. 무엇을 크게 이루지도 못한 채 맞이한 그 세월 앞에서 시인은 낙담에 빠지기도 하고, 새로운 꿈을 꾸기도 한다.

살 날을 넉넉잡아 팔십으로 보면
마흔까지 오르막길이고
마흔부턴 내리막길이라 생각했는데
마흔을 넘고 보니
여전히 오르막길이다.
가파른 비탈길이고 외로운 저녁길이다.

-「마흔, 길」 중에서

마흔이면 욕망을 다스릴 줄 알아야 한다.
사랑과 욕망을 구분할 줄도 알아야 한다.
마흔은
외로움의 벼랑 끝에서 되돌아서
더 큰 사랑을 할 줄 아는 나이다.

-「마흔, 사랑할 나이」 중에서

두 시는 서로 밀어내고 끌어당기는 마음의 대립 지점을 그대로 보여준다. 한편 시가 생물학적 나이와 그에 합당한 삶의 자세에 대한 고민 속으로 지나치게 끌려 들어가면 관념이라는 덫에 걸리기 십상이다. 고속도로 연작에서 나타난 모호함이 여전히 모색의 시간을 충분히 넘어서지는 못했다는 느낌이 드는 것은 그 때문이다. '더 큰 사랑'이라는 관념이 구체적 대상을 만나기까지는 아직 혼돈의 시간이 충분히 지나가지 못했기 때문이 아닐까? 고속도로라는 직선의 세상에서 비껴 나와 실존의 대상인 나에게로 돌아오긴 했지만, 그것은 새로운 시작점에 섰다는 것 이상의 의미를 두기 어려웠다. 나로부터 출발해서 무엇을 찾아 어디로 가야 할 것인가? 시가 다다라야 할 지점과 그 지점에서 끌어안고 고투해야 할 분명한 대상을 찾는 것은 임덕연의 시 세계가 한 차원을 획득할 수 있느냐는 가늠자가 될 것이었다.

2. 강물이 이끌고 가는 시의 길

긴 시간을 거쳐서 임덕연이 찾은 것은 '강'이다. 강이 끌어온 역사와 마주하면서 임덕연의 시는 강물의 설렘과 뒤채임, 그리고 개발의 상처 속에서 신음하는 모습을 통해 사랑을 나누는 법을 익힌다. 2인 시집을 낼 무렵 임덕연 시인은 안양을 거쳐 여주로 삶의 거처를 옮긴 뒤였다. 덕분에 시골살이에서 얻은 소재들을 적극적으로 시 안에 끌어들이는 한편 흙냄새 나는 삶을 꿈꾸며 살고 있었다. 임덕연 시인의 시가 깊어질 수 있는 지점이 거기에 있을 터였고, 실제로 그런 시편들의 성취도가 높았다. 그러한 모색을 거쳐 '강'에 다다르게 된 단초가 2인 시집 『산책』에 다음과 같은 시로 제시된 바 있기도 하다.

물은 흐르고
앞물과 뒷물이 끊어질세라
꽁무니 바짝 따라붙어 흐르고

몇몇은 그만 앞물 허리를 놓쳐
급한 김에 다른 물 허릴 잡고
한동안 숨죽이던 물들이
여울에 와
목놓아 곡을 한다.

푸른 상처투성이
물들의 슬픔을 아는지 모르는지
물오리 천둥오리

끼리끼리 앉아
물수제비뜨고 있다.

찬 강물에
손 깊이 넣어
물의 상처를 어루만지며
나의 상처로 아물기를 바라며
더 깊이 강물로 든다.
내 삶까지 푹 잠기도록
늦게까지 늦게까지

-「혼자 걸어 남한강에 갔다」 전문

'물의 상처를 어루만지며/나의 상처로 아물기를 바라'던 마음이 더욱 크고 넓어져서 이번 시집의 주조음을 이루고 해도 지나치지 않을 법하다. 이명박 정부의 4대강사업이 얼마나 강을 망쳐 놓았는지에 대해서는 긴말이 필요 없을 터! 많은 시인들이 멀쩡한 강을 파헤치는 만행에 대해 분노와 안타까움을 담은 시들을 써냈다는 사실도 익히 알려진 사실이니 역시 중언부언할 필요는 없겠다. 임덕연 시인에게도 분노의 음성이 없을 리 없다.

다시는 생명의 젖줄이라고 말하지 말자.

이리저리 파헤치고, 깎아 낸 강은

성형 수술 한 가슴처럼 예쁠진 모르지만

자본과 환락과 유흥의 가슴일지언정

호수라 할지언정, 물웅덩이라 할지언정

더 이상 어머니 생명 젖줄이라 부르지 말자

-「강가에 서성이지 말자」 2연

하지만 임덕연 시인의 성취는 분노에서 길어진 시와는 일정하게 거리를 둔 자리에서 나온다. 울분에 젖은 시는 편수도 적으려니와, 그보다는 '더 깊이 강물로' 들기 위한 발걸음들 사이에서 얻어낸 시편들이 이번 시집을 크고 넓게 에워싸고 있다. 이번 시집의 소중한 미덕이 바로 이 지점에 자리한다. 강에 대한 연가집(戀歌集)이라고 할 만한 이번 시집 작업을 하는 동안 시인의 촉수는 언제나 강을 향해 있었다. 자꾸만 강물을 움켜대다 '날 저물면 돌아오곤 했다'(「강물을 움켜쉬다」)는 고백이 그렇거니와, 다음과 같이 직접 연정(戀情)을 전하는 방식을 취하기도 한다.

어느 맑은 날 아침

은빛 반짝이는 강물 위를 나르는

물새가 되어

당신을 만날 수 있기를

산 그림자 되어 만날 수 있기를

-「남한강 편지」 마지막 연

물론 강이 언제든지 흔쾌한 마음으로 시인을 받아주었던 건 아니다. 강은 오로지 제 갈 길을 갈 뿐이고, 그러한 강물의 속성을 시인이라고 해서 모를 리 있겠는가. 그럼에도 강을 향한 마음은 저 자신도 어쩔 수 없는 열망으로 번져 마침내 강물과 하나가 되고자 하는 데까지 이른다.

물이 되어 흐르다

정말 못 견디게 못 견디게 너를 안고 싶은 날

비가 되어

네 정수리에 바로 뛰어 내릴 것이다.

물이 되어

물이 되어

-「물이 되어」 뒷부분

만남에서 시작해 합일(合一)을 이루고자 하는 마음은 순정

할 수 있으나, 그와 같은 마음은 공허한 열망으로 그칠 공산이 크다. 주관을 앞세운 의지는 자칫하면 다양한 방식의 껴안기를 방해할 수도 있기 때문이다. 오히려 강과 나와의 사이에 적당한 거리를 두고 있을 때 훨씬 강에게 가까이 다가갈 수 있다. 그런 면에서 다음과 같은 작품은 뛰어난 성취를 거두고 있다.

강물은
그저 긴 꼬리를 달고 아래로만
미련 없이 흐르는 줄 알았는데
새벽녘 강가에 나와 보니
강물은
크고 작은 톱니바퀴 수천 개를 맞대어 돌리면서
지구를 돌리고 있었다.

여주 장날 농협 창고 귀퉁이에서
뻥 튀는 아저씨가 뻥 기계를 돌리듯 솜씨 좋게
더운 김을 푹푹 내뿜으며
지구를 돌리고 있었다.
뻥 튀길 것도 아닌데
남모를 기대감으로 뻥튀기를 구경하듯
강물이

지구를 스르륵 스르륵 돌리는 것을
강가에 서서 한참동안 바라보았다.

강물은
푸른 멍을 드러낸 채 아픈 내색도 없이
마지막까지 온 힘을 다하는 것을 보았다.

나도 모르게 슬며시 눈물이 나왔다.

-「이포, 강가에 서서」 전문

화자가 직접 강물 속으로 뛰어들지 않고도 장엄한 풍경 하나를 건져 올림으로써 독자로 하여금 '더운 김을 푹푹 내뿜'는 새벽 강물 앞으로 다가서게 만든다. '푸른 멍을 드러낸 채 아픈 내색도 없이/마지막까지 온 힘을 다하는' 강물의 모습에서 숙연함을 발견하게 될 때, 강물은 더 이상 단순한 대상물이 아니라 우리네 삶과 역사를 아우르는 훌륭한 길잡이가 된다. 누군가의 말처럼 시를 발명이 아니라 발견이라고 할 때, 이러한 발견이야말로 시가 시로 존재할 수 있게 하는 방법을 일깨운다고 하겠다. 이와 같은 인식은 또 다른 작품으로 이어지는데, '마침내/저 더러움을 용서하는'(「강이 되어 흐른다는 것」) 자세를 거쳐 대지와 함께 모든 것을 품어 안는 강물의 넓은 품을 상기시켜 준다.

저 여린 것들이
어디서 저리 힘이 나서
흐르고 또 흐를까

게으름 피울 줄도 모르고
뒤서거니 앞서거니
결국 올 것이 오고 갈 것이 다 가야
끝나는 긴 여행

내 질긴 목숨 이어가는데
누가 누굴 살린다고 야단법석이냐,
한 마디 호통도 칠 법한데
푸른 멍 거친 상처로 외마디 비명 지를 만도 한데

어디서 또 저리 힘이 나서
외롭고 쓸쓸한 생명들을 보듬어 안고
아프고 가난한 사람들을 위로하며 흐를까

새벽 강물은

강바닥 파는 노동자들

흙 묻은 장화 발목을 슬며시 적셔주고 있다.

-「새벽 강물」 전문

4대강 사업을 비판하는 목소리도 필요하지만, 이와 같은 작품 한 편이 주는 울림이 없다면 얼마나 허전할 것인가! 삽날로 자신의 몸을 파헤치는 노동자들의 '흙 묻은 장화 발목을 슬며시 적셔주'는 마음에 이르러 우리는 헤아릴 길 없는 자연의 지극함을 생각하지 않을 수 없다. 상처 받은 자가 상처 입힌 자를 위로하는 장면은 종교성을 넘어 자연과 인간의 연대에 대한 깊은 성찰을 이끌어낸다. 자연은 언제나 인간보다 위대했으므로, 새벽 강물의 저 경건함 앞에 어찌 무릎 꿇지 않을 도리가 있겠는가!

3. 기억의 호명과 미래의 호출

여강은 여주를 돌아가는 남한강 줄기를 이르는 이름이고, 임덕연 시인은 지금 여강의 이포나루 근처에서 살고 있다. 여강 줄기를 따라 오르내렸을 시인의 발걸음이 시편 여기저기에 산재해 있음을 본다. 강은 예로부터 마을을 끼고 흘렀다. 또한 마을과 마을을 이어주는 나루터를 거느리고 있기도 하다. 그러니 강은 단순한 물줄기의 흐름이 아니고 우리네 삶의 흐름과 맥을 같이하고 있는 셈이다. 음풍농월과 경관의 감상처가 아니라 매운탕집을 하며 생계를 이어가는 고단함이 있고, 수석집을 하며 사가는 사람 없는 돌에 들기름을 칠하고 있는 사내가 살고, 브라우 마을에서 참깨를 터는 할아버지와 여주장에서 막걸리잔 앞에 놓고 비료 값과 종자 값을 걱정하는 촌부들의 근심 걱정이 있는 곳이, 강을 둘러싼 풍경이다. 나날이 생기를 잃어가는 강변 마을의 모습들을 바라보며 강물은 '수심(水深)보다 더 깊은/수심(愁心)'(「청심루터」)을 안고 흐른다.

시인은 또한 강물을 오르내리며 역사를 만난다. 흔암리 선사유적지에서 청동기 시대에 그곳에 집터를 짓고 벼농사를 지었을 사내를 떠올리고(「흔암리 선사유적지에서」), 마암을 지나면서는 고려 말의 목은과 조선 말의 명성왕후를 만난다(「마암 근처」). 어찌 그뿐이겠는가. '더러운 피를 강물에 씻던 의병 이야기'와 '장길산이 묘옥과 양섬 갈대밭에서 사랑을 나누었다는 이야기'(여강, 남강)가 강물에 실려 전해오기도 한다. 무엇보다 고려 시대의 세곡보관창고인 흥원창이며, 우만리 나루터와 브라우 나루터, 부처울과 제비여울 등 잊혀 가는 지명을 호명함으로써 기억과 현실을 묶는 일의 중요함을 일깨우고 있다.

이른 저녁 걷기 시작하여
쉴 참 거닐 참 가다보면
아슴아슴한 어둑 때쯤
컹컹 강아지 짖는 마을에 닿는 길
아홉사리 길

막걸리 한 잔 걸치고 걷다보면
저도 모르게 흥얼흥얼
아리랑 몇 소절이 절로 나오고
어깨춤도 들썩거려지는
읍내 오일장 아홉사리 길

앞서거니 뒤서거니
강물도 허리 안고 도는
짧지도 길지도 않은 길
쉽지도 어렵지도 않은
아홉사리 길

검은돌모루 마을에서 되레마을을
이어주는 실핏줄 같은
옛 강가 길

개나리 봇짐 덜렁이며
과거보러 가던 길

가끔 아주 가끔
고라니가 홀로 물 먹으러 오는
아흡사리 길

- 「아홉사리 길」 전문

위 시를 읽고 있노라면 임덕연 시인과 함께 '아홉사리 길'을 한 번쯤 걸어보고 싶은 마음이 절로 일곤 한다. '검은돌모루 마을'과 '되레마을'이 반겨주는 그 풍경 앞에서 강물이 흘러온 시간과 앞으로도 흘러갈 시간을 가늠하며, 지금 우리는 어디로 와서 어디로 가고 있는지 천천히 돌아보는 것도 참 뜻 깊은 일이겠다. 그러다 보면 탐욕과 개발의 욕망으로 뒤범벅된 현실이 실루엣처럼 우리네 삶을 휘감고 있는 상황에 대한 성찰로 자연스레 이어질 수도 있을 것이다. 우리가 잃어버린 것이 무엇인지에 대한 각성 없이 어찌 미래의 삶을 생각할 수 있으랴. 과거의 축적이 현재를 만들었다면, 미래는 현재라는 바탕 속에 그 씨앗이 숨겨져 있을 것이다. 현실에 순응하고 체념하는 법을 먼저 익히는 동안 꿈꾸는 일을 잊어버린 건 아닌지 되묻는 시간이 필요하다. 현실은 모든 상황을 급박하고 가파르게 몰아가지만 그럴수록 한 호흡 쉬어가는 것도 현실에 결박당하지 않는 하나의 방법이겠다.

내 어릴 적 뒷마당에는
가지마다 앵두가 휠 정도로 달려 있기도 하고
수박이 찬 우물 속에 담겨 있기도 하고
허물어진 굴뚝 뒤 언저리에는
종이딱지가 보물처럼 숨겨져 있기도 하고

아버지는 가난했지만
나의 뒷마당은 풍요로웠다.

요즘 내 꿈은 아들에게
아들의 아들에게
뒷마당쯤 있는
강물을 물려주고 싶다.

여주 이포쯤 그 언저리쯤
강둑에 올라
노을을 바라보다 들어와
잠들 수 있는 강물이

뒷마당으로 흐르는 집을

-「뒷마당이 강」 전문

'아들의 아들'이 먼 훗날 '강물이/뒷마당으로 흐르는 집'에서 살게 될지는 모르겠다. 그러한 꿈을 지나친 낭만이라고 타박하는 이들도 있으리라. 그럼에도 그런 꿈조차 꾸지 않는다면 우리의 미래를 어디에서 불러올 것인가. 아무리 거창한 담론도 정직한 강물의 흐름에 미치지 못하는 게 세상과 자연의 이치이다.

깊은 곳은 잉어, 누치 품어 살면서
얕은 곳은 꾸구리, 모래무지 안아 살면서

강물은
그렇게 또 흐를 것이다.

생명을 살려내며
막아선 것들에 저항하며
정직하게, 또 끝끝내

-「강물은 정직하다」 뒷부분

시인이 여강에서 띄운 편지를 가슴에 품고 가서, 깊고 낮은 곳을 두루 헤아리며 흐르는 강물에 발을 담근 채 한 줄 한 줄 천천히 읽어 내려가고 싶다. 그러다 여울 저 편에서 비오리 몇 마리 날아오르는 모습을 보게 된다면, 그 비오리들이 날아가는 방향으로 오래도록 눈길을 주고 싶다. 허공 속에서도 길을 잃지 않는 비오리를, '정직하게, 또 끝끝내' 흐르는 강물을 따라가다 보면, 우리가 흘려버린 오래된 미래가 거기 있을지도 모를 일이다.

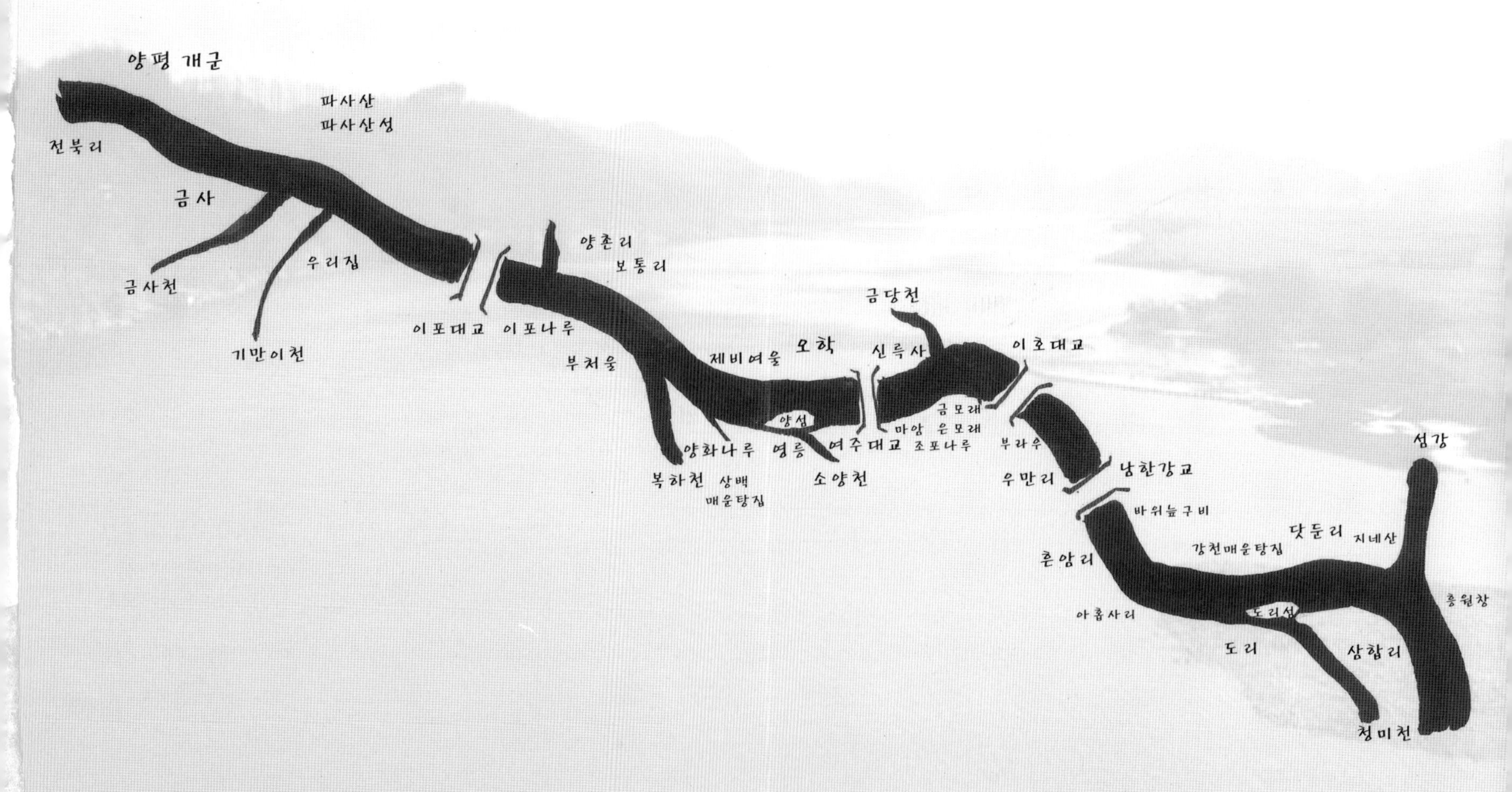
양평 개군
파사산
파사산성
전북리
금사
금사천
우리집
기만이천
이포대교
이포나루
양촌리
보통리
부처울
제비여울
오학
신륵사
금당천
이호대교
양섬
양화나루
영릉
여주대교
금모래
마암
은모래
조포나루
부라우
복하천
상백
매운탕집
소양천
우만리
남한강교
바위늪구비
섬강
닷둔리
지네산
강천매운탕집
흔암리
흥원창
아홉사리
도리섬
도리
삼합리
청미천

지도 | 이태영(이천 이헌고)